A mamá Syann, papá Pierre, Evan y Paul: ¡viva la vida familiar!
M.

Para Arsène, que sabe hacerme parar ante los pequeños espectáculos de lo cotidiano
durante nuestras apresuradas mañanas.
I. M.

Puedes consultar nuestro catálogo en www.picarona.net

¡Corre, corre!
Texto: *Magdalena*
Ilustraciones: *Isabelle Maroger*

1.ª edición: enero de 2019

Título original: *Vite, vite!*

Traducción: *Pilar Guerrero*
Maquetación: *Isabel Estrada*
Corrección: *Sara Moreno*

© 2018, Éditions Flammarion
www.flammarion-jeunesse.fr
(Reservados todos los derechos)

© 2019, Ediciones Obelisco, S. L.
www.edicionesobelisco.com
(Reservados los derechos para la lengua española)

Edita: Picarona, sello infantil de Ediciones Obelisco, S. L.
Collita, 23-25. Pol. Ind. Molí de la Bastida
08191 Rubí - Barcelona - España
Tel. 93 309 85 25 - Fax 93 309 85 23
E-mail: picarona@picarona.net

ISBN: 978-84-9145-225-6
Depósito Legal: B-27.656-2018

Printed in Spain

Impreso en GraphyCems
Polígono Industrial San Miguel
31132 Villatuerta - Navarra

¡CORRE, CORRE!

Texto: Magdalena
Ilustraciones: Isabelle Maroger

Picarona

¡Corre, corre, levántate!

Espera, mamá,
estoy buscando mi peluche.

¡Corre, corre,
tómate el desayuno!

Espera, mamá,
que está muy caliente.

¡Corre, corre,
lávate la cara!

Espera, mamá,
que el agua está muy fría.

¡Corre, corre,
vístete!

Espera, mamá,
el jersey me pica.

¡Corre, corre,
ponte los zapatos!

Espera, mamá,
que he perdido un calcetín.

¡Corre, corre,
coge la mochila, que ya es la hora!

Espera, mamá,
que está muy alta.

¡Corre, corre,
que nos vamos!

Espera, mamá,
que le digo adiós al gato.

¡Corre, corre,
no te entretengas!

Toma, mamá,
una hoja para ti.

¡Corre, corre,
vamos a cruzar!

¡¡¡CUIDADO, MAMÁ!!!

Perdona, te he asustado.

Ven aquí.

Vamos a sentarnos
en ese banco.

Mamá, ¿por qué corre la gente?

Corren para no llegar tarde.
Pero nosotros nos lo tomaremos con
calma. ¡Tampoco tenemos tanta prisa!

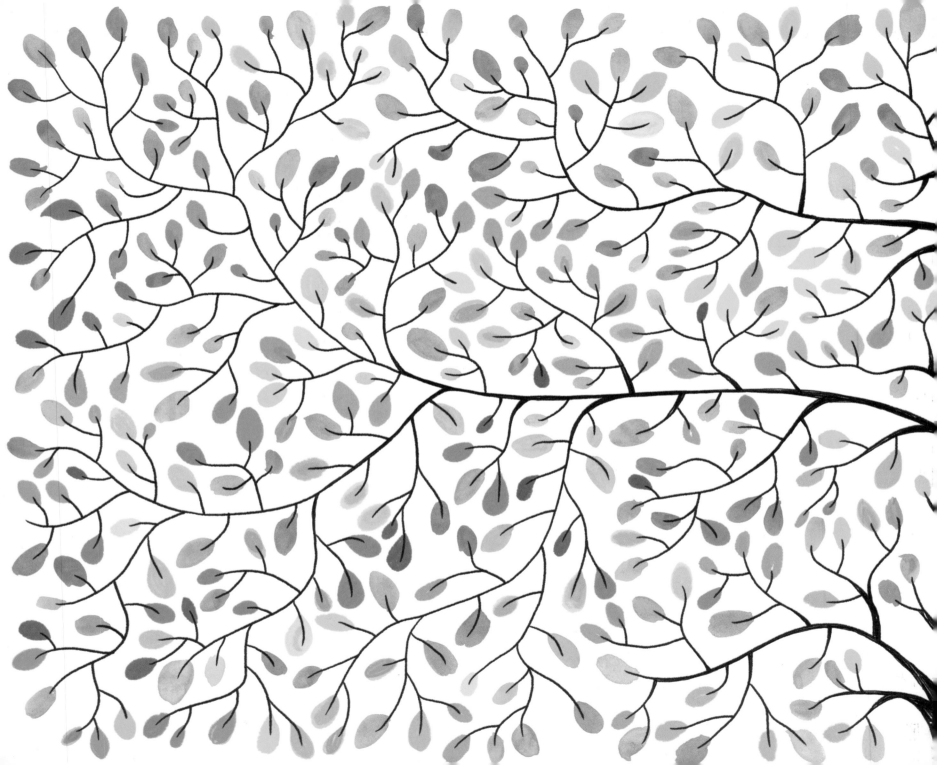